오늘도 마음에 꽃을 심는다

위영금 시집 오늘도 마음에 꽃을 심는다

1판 1쇄 펴낸날 2024년 3월 25일
지은이 위영금
펴낸이 이재무
기획위원 김춘식, 유성호, 이형권, 임지연, 차성환, 홍용희
책임편집 박예솔
편집디자인 민성돈, 김지웅, 정영아
펴낸곳 (주)천년의시작
등록번호 제301-2012-033호
등록일자 2006년 1월 10일
주소 (03132) 서울시 종로구 삼일대로32길 36 운현신화타워 502호
전화 02-723-8668
팩스 02-723-8630
블로그 blog.naver.com/poemsijak
이메일 poemsijak@hanmail.net

ⓒ위영금, 2024, printed in Seoul, Korea

ISBN 978-89-6021-759-1 03810

값 11,000원

＊ 2023년 남북통합문화콘텐츠 창작지원 공모 선정작.

오늘도 마음에 꽃을 심는다

위영금 시집

2023 남북통합문화콘텐츠
창작지원 공모 선정작

천년의 시작

시인의 말

　나는 나를 규정하는 모든 언어와 시선에서 벗어나려 한다. 지나친 기대와 불필요한 동정이 나를 갉아먹고 있다. 어떻게 하면 결핍을 극복하고 '나'로 태어날 수 있을까. 사는 게 힘들어 매번 좌절하고 분노하지만 그래도 살아야 한다면 아름다운 언어로 보잘것없는 것들을 보석으로 만들고 싶다. 그래서 매일 마음에 꽃을 심는다. 외로울까 두 송이, 친구되라 세 송이 그렇게 시를 지으며 오늘을 살아가고 있다.

차 례

시인의 말

1부 당신 누구예요

2부 이름을 불러 줄 때

3부　가다 보면

4부 부끄러워 마셔요

1부 당신 누구예요_

어버버

애써 잡히지 않는
또렷한 그림

반벙어리처럼
혓바닥을 늘여

어버버

떠난 것들을 부른다

형

부식되어 떨어지는 소리
미움도 슬픔도 없다

그냥 외마디
하얗고 조용한 말

형

그 사이로 다음 세대가 지나간다

묶인 꽃

틈새에 있어 이쁜 것이냐
경계에 있어 아름다운 것이냐

아니 본 듯 지나려 해도
손 저어 부르는

저 너머 여기 있는 꽃

지금이 가장 예쁠 때

톡톡 터지는 소리
피고 피어

다투어 꽃이 되고자
창문 가득
꽃 세상

지금이 가장 예쁠 때

엄마가 있으므로

아이가 태어났을 때 하얀 눈이 내렸지요 새벽에 울리는 아이 울음소리에 마을이 깨어났다고요 그리고 언니 오빠보다 더 많이 울었어요 그래서 엄마는 아이가 크면 가수가 되겠다고 말했지요 빛나는 머릿결에 하얀 피부를 가진 아이는 세상이 자기 것인 줄 알았답니다 아이는 행복했어요 엄마가 있으므로

불행이 오기까지
슬픔을 몰랐기에

마음 통증

　심장이 저리고, 붓고, 아프다 밤에도 낮에도 가슴을 쥐
어짜는 고통에 시달린다 통증은 왼쪽 상반신 전체로 퍼져
나간다 증상은 날로 심해져 때로는 뼈가 아픈지 심장이 아
픈지 헷갈린다 의사는 별 방법이 없다고 말한다 정신건강
의학과에 가 보라고 한다 진단도 처방도 없는 대책 없는 아
픔 어느 순간 몸이 나를 배신하면 어쩔 수 없지만 마음은
치료해 볼 수 있지 않을까 지금 글을 쓰고 있다면 조금은
나아질 거라는 자가 진단에 희망을 가진다

당신 누구예요

당신 누구예요
이름부터 말해요
이름이 있어야 하나요
저는 그냥 여기 있어요
때로는 바람이고
때로는 구름이고
때로는 별이기도 해요
함부로 다가오지 마세요
함부로 꺾지 마세요
스스로 핏빛 되어
그 자리에 있는 꽃
그저 조용히 보아 주셔요
아직은요

시 한 편에 삼만 원

왜 시를 쓰냐고 그게 돈이 됩니까
돈 안 되는 일을 어째서 합니까
글쎄요 그냥 써지네요
이렇게라도 쓰지 않으면
죽을 것 같으니까요

삼만 원 보잘 것 있지요
며칠은 살 수 있으니까요

마음이 아프면

크게 울어도 괜찮아요

이상해져도 괜찮아요
불같이 화도 내세요

어떤 것이라도
좋아요

나와 점 하나

콕 박혀 빠지지 않는 점 언제 박혔는지 모를 점 얌전히 있다가 몸 전체가 휘청거릴 만큼 존재를 드러낸다 바늘에 찔린 듯 저리고 숨 막히게 답답하다 점 하나와 오랫동안 싸우고 있지만 아는 게 없다 점 하나 때문에 무엇이든 할 수 있어도 무엇도 할 수 없다

어찌하면 좋을까
샅샅이 뒤져 확 빼 버릴까

아니면
스스로 사라지게 할까

아니면
너 좋고 나 좋고 사이좋게 지낼까

나와 점 하나는 건너지 못하는 강처럼 만나서는 안 되는 사이처럼 팽팽하게 대치하고 있다

어둠에 익숙하기

숨어 있던 것들이 살아나는 시간
보이지 않던 것들이 보이는 시간

두려움이 몰려온다

익숙해지자 익숙해지자
어둠에 익숙해지자

나는 두 손을 맞잡았다.

붉은 꽃

너 하나로 얼굴이 붉어졌고
너 하나로 여름이 왔다
너 하나로 주위가 밝아졌다

껍데기

슬퍼도
내 울지 못하고

물어도
내 말 못 하는

목줄도 뜯지 못하는
내 몸뚱아리

바람에 뒹구는
낙엽같이

불려 가고
불려 오는

내 껍데기

나

나를 모르고 살았으면
그저 그렇게 살았으면

탱고

바람이 분다
춤사위가 시작된다

오른쪽 왼쪽
아래로 위로

탱고

사분의 이 박자 팔분의 사 박자

이리저리 흔들어
비에 씻겨

유연한 몸놀림

위로하기

부슬부슬 내리는 비

창문에 매달려
주르륵

아직도 머뭇머뭇

순대국밥 먹으며
따끈한 위로 건네야지

이제는 뚝

목마름

　분명 무언가 잃어버렸다 잡힐 듯 잡히지 않는다 아무리 찾아도 잃어버린 것은 나타나지 않는다 생수를 마셨어도 갈증은 해결되지 않는다 목마름은 안개에 싸여 비밀스럽게 애를 태운다 나는 오늘도 헝클어진 머리를 하고 타는 갈증으로 목말라 있다

더러운 것은 버려요

서러움에 울컥했던 날

반짝이는 마음
심어요

따뜻한 마음으로
채워요

더러운 것은 버려요

불확실

이럴수도 저럴수도 있는
알갱이들 춤사위

될 수도 있고 안 될 수도 있는
미친 공모에

체스 판에 올려져
죽을지 살지도 모르면서

죽을 둥 살 둥
불확실한 도박을 시작하네

또 한 번
또 한 번

그래도
다시 한번 해 보는 거야

여름이 온다

뜨거운 태양 아래
이글거리는 열기

나무는
가장 아름답고 멋진
전투복을 입는다

푸르게
푸르게

거미

허공에
매달려

걸리나 안 걸리나
밤낮 지키고 있는

엉큼한 놈

곱소

불러 주어도
꽃이요

불러 주지 않아도
꽃이요

그냥
있기만 해도

곱소

2부 이름을 불러 줄 때_

조금만 더 살아요

힘들지요 사는게 힘들지요
그래도 어쩌겠습니까

저승보다 이승이 낫다고
조금만 더, 조금만 더, 살아요

급류에 허리 굽은 풀대에서
세상 사는 지혜를 얻고

몰려오는 비구름 속에
한 줄기 희망 찾으며

하루, 또 하루

그렇게 살아 내는 거지요

거기 누구 없나요

왜 이렇게 아플까요 커다란 십자가 등에 붙어 떨어지지 않아요 아무리 몸을 일으켜도 자석처럼 붙어 있어요 엄마 얼굴도 아빠 모습도 떠오르고 잊어야 하는데 무겁게 매달려 있어요 거기 누구 없나요

소래기

질러요
시원하게

화를 담으면
아파요

야호~

소래기 한 방에
나뭇잎 푸르러져요

오늘도 마음에 꽃을 심는다

걱정 근심 가득한 날

꽃 한 송이
심는다

외로울까 두 송이
친구 되라 세 송이

매일매일
마음에 심는다

바람처럼

떠날 거면 정들지나 말든지 정 줄 거면 떠나지나 말든지
스치는 바람 안고 나무는 일렁인다 모든 바람은 가는 것이
다 그리고 다시 오지 않는다 순간의 머무름으로 잎새를 키
웠으니 이것 또한 아니 있었다 할 수 있을까 시냇물이 흘러
다시 돌아오지 않는다 해도 바람이 지나고 다시 오지 않는
다 해도 한낮의 소나기가 다시 오지 않는다 해도 나와는 상
관없는 모르는 것일까 바람처럼 한 해가 지나간다 바람은
떠나려고 차가워진다 바람은 떠나려고 익은 가을을 몰고
온다 바람처럼 인생도 흘러간다 모든 것은 왔다가 사라지
는 것 바람처럼

퇴근 시간

주섬주섬 하루를 걷어요

파란 하늘
내리던 비 멎었어요

뻣뻣한 다리
쉬고 싶은 집으로 가요

출근길 아득했는데
퇴근길 날아가요

맥주 한잔
소맥 한잔

오늘도
수고했어요

불일치

그동안 소홀했던 몸에 대해 생각한다 균형 잡힌 몸만 생각했지 원래 나는 통통한 몸이라는 걸 잊은 것 같다 나는 원래 통통한 몸이다 날씬한 몸이 표준이라 누가 말하던가 거지와 왕자, 구멍가게와 재벌, 아이와 어른, 불일치는 얼마든지 있다 그런데도 이를 받아들이지 못하고 불일치와 싸우고 있다 날씬해지려 온갖 노력을 다하고 있다 생각이 몸을 움직이도록 몸이 생각을 움직이도록

미시리

　미시리는 착하다 다른 사람 일을 통째로 주어도 불평하지 않는다 하루 종일 일해도 피곤함을 모른다 그래서 사람들이 미시리에게는 험한 일만 시킨다 일만 시키는 것이 아니라 그를 위험에도 빠뜨린다 속여도 속은 것을 모르는 미시리를 한껏 조롱한다 이런 미시리가 아주 가끔 울 때도 있다 미시리가 울음을 울 때 그가 왜 울고 있는지 사람들은 알지 못한다 그래서 미시리의 울음은 잠깐 스친다 사람들은 미시리가 항상 웃는다고 생각한다 하루 세끼면 충분한 보상이라 생각하고 죽어라 일한다 하늘을 보는 적도 없다 희망, 꿈 이런 건 생각하지 않는다 그런데 이런 미시리는 아주 쓸모가 있다 미시리가 많은 곳에는 항상 그를 유용하게 사용할 인재들이 있다 이를 남쪽에서는 바보라고 한다

제로

오랜만에 눈밭에 뒹굴어 보았다 걸어도 보고 대자로 누워도 보았다 소리소리 질러도 보고 웃어도 보았다 짤막한 호흡에 힘들었던 마음 만 개의 세포가 살아난다

시작이다 자연의 장쾌함 그 속에서 다시 시작이다 눈 덮인 산야로 달릴 수 있는 허락된 시간, 마음껏 소리 지를 수 있는 기쁨, 도화지 같은 숫눈 위에 그림을 그릴 수 있는 자유, 거래하지 않는 자연은 영원히 제로다

키스

첫 번째 키스에 입술을 베이었습니다
두 번째 키스에 입술을 깨물었습니다
세 번째 키스에 영혼을 버렸습니다

봄이 걸어오고 있다

살랑살랑 봄비
대롱대롱 빗방울

겨울 눈 봄비 되어

밝아 오는 새벽
물안개 속으로

봄이 걸어오고 있다

꿈틀

꿈틀하더니 봄이 되고
꿈틀하더니 꽃이 피고

꿈틀하더니 꽃이 지고
꿈틀하더니 잎이 자라고

꿈틀하더니 여름이고
꿈틀하더니 가을이네

꿈틀하더니 겨울이라

꿈틀할 때마다
조금씩 커 간다

저녁

태양은 노을에 몸을 던지고
바람은 고요를 흔든다

산은 강물 속으로 그림자를 남기고
강은 산그림자를 씻는다

외로운 가로등
홀로 어둠과 벗 되어

꽃샘바람

살았다
겨우 새싹 올리며 방긋

꽃샘바람 한번 지나니
어머 아직 때가 아닌가 봐

다시 쏙 들어가

그렇다고 봄이 아니 올까

다시

빼꼼

사연

자꾸만 보여

수군수군
들려

자세히 보면

이지러진 달 같아

광야에 던져진
핏덩이 같아

개미성

내일은 지구가 사라지더라도
오늘을 살아갈 성을 쌓는다

한 방울의 비에
한 번의 짓밟힘으로

영원히 사라질지라도

견고한 바닥을 뚫어
정교하게 화려하게

부지런히 쉬지 않고
개미 역사를 짓는다

이름을 불러 줄 때

이름을 불러 줄 때
나는 꽃이 피는 소리만큼이나

아름다워진다

3부 가다 보면_

눈과 대화

하늘에서 오는 꽃
천국은 어떠냐

천국은 하얀 곳
지옥은 불

백발 나무는
하늘을 우러르고

나는 천국 같은 창밖을 보며
지옥 같은 불에 고기를 구웠다

귀찮기는 하지만

우르르 구름 지나고
부슬부슬 떨어지는 빗방울

귀찮아도 우산 하나
준비한다

작은 우산이라도 있으니
남의 집 처마에 들어갈 일은
없겠다

단비

살랑살랑

부러지지 않게
조심히

금방 모살이 벼랑 강냉이랑
좋겠다

단비란 이런 것이구나

새소리 소란하니 비가 멎겠다

삐삐삐
까까깍
쪼롱쪼롱

창 너머 들려오는 소리
비가 멎겠구나

사흘 낮 사흘 밤

비는요 그치지 않아요
계속해 내려요

비는요 울어도 울어도
계속 울어요

사흘 낮 사흘 밤 쏟고 난 다음에
해맑아졌어요

아픈 사연
모두 버려요

청청하늘에
잠자리 날아요

무연고

연고가 없으니 무연고지
그게 뭐 어때서
몰라서 물어

학연, 지연, 혈연
세 가지 연이 있어야
한단 말이지

무연고는 말이지
병원에 가도
참 슬프지

그러니 예수님 부처님 찾는데
맘 잡으면 좋은데
아니면

제 발로 가 버린단 말이지
저승으로

꽃이라도 한 송이 놓아 주게

죽어서도 무연고면
슬프잖아

잎은 더욱 푸르러진다

컬러는 인종을 가르고
이념은 생각을 가르고

이러거나 저러거나
오늘도 잎은 더욱 푸르러진다

일없소, 괜찮소

아뿔사? 어찌할까? 때는 늦다 헐렁하게 사는 친구가 어깨를 두드리며 '일없소', '괜찮소'라고 말한다 이건 또 뭔 말이고? 가만히 쳐다보면 '괜찮다니까' 하고 말하고, 화를 좀 내려 하면 '일없소'라고 말한다 다르게 해석될 듯한데 나는 이 말이 같은 뜻이라는 것을 알아들을 수 있다

시시비비

이러쿵 저러쿵
저러쿵 이러쿵

이런들 저런들
저런들 이런들

옳거나 아니거니

시시비비
분명하지 않으니

그런대로 살지요

가다 보면

힘들면 쉬어 가더라도 인생은 가던 길을 꾸역꾸역 가 보는 것이다 그 길에서 내가 너를 만나고 네가 나를 만나고 그렇게 가다 보면 가을 단풍처럼 우리는 서로에게 물들어 갈 수 있다

무서리

눈송이도 아닌

반짝이는 하얀 빛
가을과 겨울의 첫 만남

새벽

밤새 뒤척인 수척한 얼굴
더듬더듬 머리를 만진다

불을 켜고 조심히 커튼을 올리며
새벽 기운을 마신다
물체들이 점점 모습을 드러낸다
서서히 날이 밝아 온다

밤새 쌓아 놓은 고민이
새벽안개에 흩어진다
태양이 떠오를 준비를 한다
그래
살아야지

미련

고향 떠날 때
차마 떠나지 못하고 서성이는 마음
안개 되어 빗물처럼 내렸어

내 맘도 모르는 기차는 덜컹거리며
북쪽으로 달리고

돌아가지 못할 거라는 생각은
꿈에도 하지 못한 채

캄캄한 밤에
두만강 건넜소

저편을 바라보니
보일 듯 말 듯 떠나온 곳

미련 남아 주저앉았던 돌밭에
낯선 산들이 삐죽삐죽

그날처럼

오늘도 담벼락을 맴도는 자욱한 안개가

눈물되어 내리오

고무줄

당기면 늘어나고
놓으면 튕겨지고

그래도
끊어지지 않았으니

아직 미련이 남은 거다

문자나 보낼까

돌아이

없으면 어때
골리앗은 다 가지고 있어도

한 방에
갔는데

다윗이 부러우면
돌아이는 되야지

고양이 같은

아니 본 듯하면서
날쌔게 채 가는

그러고도 거만하고
당당한

고양이 같은
너를

어찌할 거냐

함경도 명태 김치

저기 저 너머 동해 바다 함경도 명태 김치
산처럼 밀려왔던 명태는 지금 어디 갔나
마늘 고춧가루 양념에 하룻밤을 삭혀서
명란이 젓갈되고 명태는 통김치 되고서

가을 찬 서리 배추 무는 싹둑싹둑 썰어
잘 절여진 김장에 이리저리 골고루 묻혀
속 꼬개기에 양념 발라 주욱 찢어 먹으며
언 손 호호 녹여 가며 수돗가 모여 담그고

눈이 펑펑 내리는 날 봉인한 김칫독 열어
차가운 얼음에도 물오른 색깔 고운 김치
소랭이 가득 담아 가난한 밥상에 올리면
아매 아바이 성님 동생 맛깔스레 먹었던

앞집 뒷집 번갈아 가며 뉘 집 게 더 맛있나
채점하러 댕기며 먹었던 장인의 그 손맛
눈 위를 맨발로 뛰어도 감기 한번 없었던
쩡한 그 맛 세상에 하나뿐인 함경도 김치

꽃비

우수수
꽃비가 내린다

사뿐히 즈려밟고 떠났던
그 길에

천천히

재촉할수록
더욱 느리게

그러고도
도둑맞은 하루인데

꽃이 피는 시간에도
잎은 자랐다네

눈길을 걸으며

하루 종일 눈이 내린다 손에 손 잡고 약속하듯 창문을 스치고 내린다 거친 것 모난 것 모두 덮으며 내린다 눈길을 걷고 싶은 동심에 밖을 나섰다 어메 정신이 나갔나 동네 한 바퀴 돌려고 했던 것이 뒷산까지 올랐다 눈은 폭폭 내리고 나는 걷고 눈꽃은 눈앞에서 아른거린다 살진 고라니 사람을 보고는 놀라 달아난다

눈은 펑펑 내리고 신비한 기운이 감도는 이곳에 내가 있다는 사실이 운치를 더한다 나는 아무도 지나지 않은 눈길을 걸으며 혼자 중얼거렸다 너는 누구를 만나려 먼 곳에서 여기까지 왔니? 세상에 내놓지 못한 말들을 중얼거려 보고 큰 소리 질러도 보았다 의식하지 않고 질러 보는 소리는 곱다 눈은 내리고 눈길 위로 나는 자꾸자꾸 걸어간다 눈 내리는 고요한 산속 세계는 아름답다

갈천마을

갈천마을은 칡이 많아 생긴 이름이다 얼마나 많은지 세
상 무서운 것 모르게 뻗어 다른 것들을 잠식해 버렸다 여
기저기 호박 넝쿨에도 심어 놓은 꽃나무에도 덮친다 8월은
칡의 세상이다 시퍼렇게 용을 쓰는 칡넝쿨을 보면서 여기
에 토끼를 키우면 좋겠다 생각한다 어릴 때 칡을 뜯으러 십
여 리를 걸었다 용인시장에는 어마무시하게 큰, 나무 밑둥
을 잘라 놓은 것 같은 칡뿌리가 나온다 처음에 그게 칡뿌리
라는 걸 믿지 않았다 나는 기껏해야 내 손목, 조금 크면 내
팔뚝만 한 것이 칡뿌리라는 걸 안다 칡뿌리는 몸에 좋은 약
초다 그렇게 좋다는데 칡뿌리를 식사 대용으로 먹으며 토
끼풀 뜯으러 다니던 기억은 잊히지 않는다 아무리 길게 도
망쳐 봐도 칡넝쿨은 문 앞까지 따라온다 갈천마을엔 칡이
많아 생각도 길다

복숭아나무

동네 산책길에 복숭아나무 한 그루가 있다 철조망이 경계를 짓고 복숭아나무 뒤로는 절벽이다 어느 날 무심히 지나다가 복숭아나무에 주렁주렁한 열매를 보았다 누가 심은 것도 아니요 그렇다고 관리한 것도 아닌데 어떻게 저리도 탐스럽게 잘 자랐지 주변을 꼼꼼히 살펴보아도 도무지 사람이 들어갈 길이 없다 가려면 뒤쪽 절벽과 무성한 풀숲을 지나야 한다 매일 바라보며 욕심을 내자 복숭아는 더 붉게 먹음직스럽게 익어 간다 저걸 먹을 방법이 없단 말이지 큰 차를 끌고 와서 사다리를 놓고 올라가 철조망 너머 나뭇가지를 확 낚아채면 어떨까 아니면 뒤쪽 벼랑이라도 굴러 볼까 뱀에게 물리지 않도록 고무 바지를 입고 가면 어떨까 나는 탐스럽게 주렁주렁한 복숭아나무에서 떠나지 못하고 가슴앓이를 한다 그리고 매번 지날 때마다 사진을 찍는다 이렇게 저렇게 먹을 수 없는 희망을 사진에 담는다

바람

그냥 스치고 지나도
꽃이 핀다더라

그냥 오기만 해도
풀이 눕는다더라

그냥 머물기만 해도
잎이 자란다더라

그냥
그리해도 무엇이 되는데

무엇이 되려고

지나간 바람에
빗금을 긋느냐

우리는 날마다 멀어지고 있습니다

당신은
어디에 있나요

나는
어디에 있나요

달이 지구와 멀어지듯

남아 있는 연민마저
깡그리 소멸하며

헤어진 길목에서
우리는 날마다 멀어지고 있습니다

4부 부끄러워 마셔요_

화해

　날씨가 따뜻해졌다 강은 봄을 품어 청둥오리를 띄우고, 나무는 햇볕에 살랑거린다 아직 화를 풀지 못한 두터운 얼음이 차갑게 누워 있어도 조금 지나면 겨울도 끝난다 다만 아직 발목 복숭아뼈 밑이 따끔거려 물리치료 받는 일이 남았다 봄이면 나도 이놈과 화해하게 되겠지 화를 내면 따뜻하게 빛을 쏘아 주면 시원하다 얼음장 밑이 봄인데 화해를 해야지

대단한 놈들

들어붙어 떨어지지 않아
힘껏 들어 메쳤더니

겨우 몇 놈이

그래 누가 이기나 보자
기다리지 뭐

따뜻한 햇볕에
시간이 지났더니

오호라
떨어지네

떨어져서는
피눈물 흘리니

아이고 어찌해

다시 냉동실에 넣을까

여름

여름은 뜨겁게 오는 것 이글이글 열기를 뿜어내며 정오의 따가운 태양으로 오는 것 염소 뿔이 녹아나고 아스팔트에 계란을 삶아 먹으라고 오는 것 아침부터 훅훅 더운 바람 몰아서 오는 것

여름은 시원하게 오는 것 시냇가에 어린이가 물장구를 치고 더위에 옷자락 벗기며 오는 것 계곡 물소리가 높아지고 숲속에 사람들이 오는 것 한바탕 소나기로 오는 것 말끔히 씻으라고 시원히 오는 것 해맑게 웃으며 오는 것 지친 몸을 잘 돌보라고 오는 것

오늘도 무척이나 덥겠다

창세기 12장

여호와께서 아브람에게 이르시되 너는 너의 고향과 친척과 아버지의 집을 떠나 내가 네게 보여 줄 땅으로 가라 내가 너로 큰 민족을 이루고 네게 복을 주어 네 이름을 창대하게 하리니 너는 복이 될지라 너를 축복하는 자에게 내가 복을 주리니 너를 저주하는 자에게 내가 저주하리니 땅의 모든 족속이 너로 말미암아 복을 얻을 것이라 하신지라

나는 창세기 12장이 있음으로

기도한다

복에 근원이 될지라
복에 근원이 될지라
복에 근원이 될지라

서두르지 말아

가지도 않았는데
갔다고

오지도 않았는데
왔다고

서리가 내려도
아직

가을이 한창이다

다시 태어난다면

　나에게 다른 인생이 주어진다면 가장 좋은 것만 보고 가장 옳은 것만 경험하고 천년을 약속한 것처럼 절대로 헤어지지 않을 것이다 그리움이란 무엇이고 아픔이 무엇인지 모르고 파티에 초대된 것처럼 살 것이다 본성에 맞게 게으르고 한가한 날들을 보내며 행복한 순간들로 하루를 보낼 것이다 나는 어떤 누구에게도 화내지 않으며 아주 상냥하며 따뜻하고 온화한 성품으로 살 것이다 감성이 필요하면 아름다운 호숫가에서 아픈 사람의 글을 읽으며 눈물도 흘릴 것이다 그것은 지나가는 바람처럼 아주 잠깐 스치고 지나갈 것이다 다시 태어난다면 나는 한 마리 양으로 평화롭고 게으르게 살고 싶다

부끄러워 마셔요

부끄러워 마셔요 힘없는 당신 지금까지 살아 있는 것만
도 기적이에요 이제 당신 매력 드러내셔요 숨지 말고 당당
히 앞으로 나오세요 당신은 멋지고 아름다워요 누가 당신
에게 돌을 던지나요 정조를 짓밟은 사람들은 정조를 지키
라고 말하지요 정조는 누구 것도 아니에요 자신 것이죠 지
조를 얻기 위해 정조를 지킬 필요는 없어요 울음은 세상에
던지는 질문이죠 눈물 많은 당신 부끄러워 마셔요

보기에 따라서

무수한 점들로 이루어진 렌즈는 동그랗다 동그라미에서 서로 만나는 지점에 따라 길게도 짧게도 만든다 렌즈의 왜곡을 이용하여 사람들은 자신을 가장 아름답게 찍을 수 있다 그리고 어떻게 하면 원하는 사진이 나오는지 잘 알고 있다 만약 이쁘지 않은 것이 있다면 생각을 만들어 내는 마음을 들여다볼 필요가 있다 작아도 크게 볼 수 있고 큰 것도 작게 볼 수 있는 렌즈의 왜곡이 있어 어떤 것도 만들어 낼 수 있다 보기에 따라서

꽈리

빨갛게 익은 꽈리

공기 불어
누가 잘하나 내기했더니

꽈르륵 꽈르륵

연지 곤지 바르지 않아도
가을이
입술에 닿았더라

꽈르륵 꽈르륵

익어 가는 꽈리에

붉은 청춘
돌아온다

국화

너처럼 예쁜 우리 언니

아침 이슬에 젖어
떠오르는 햇살에
반짝이며

가을 길목에서
그렇게 만났으면

너는 있고

어제도 피고
오늘도 피고

피려고 있는 꽃
지려고 피는 꽃

너는 있고
나는 없고

내가 죽어 꽃으로
네가 살아 꽃으로

코스모스 곱게 피면
너를 본 듯
나를 본 듯

꽃 속에
담아

비 오는 날 창문의 안과 밖

　비는 밤새 내렸다 빗소리가 차츰 굵어지기 시작했다 따뜻한 커피 잔을 들고 밖을 바라보았다 창밖 나뭇잎은 비를 맞으며 피할 길 없는 자연의 순리를 받아들이고 있다 빗물은 가지마다 영롱한 구슬을 가득히 달아 놓고 널뛰기를 하다가 주르륵 땅으로 흘려보낸다 휘청이며 넘어질 듯하다가 다시 일어서는 나무가 멋스럽다 비가 스치고 지나간 곳에 열매로 채워지겠지, 창문 안은 안전하기는 하나 건조하다 커피도 다 마셨고 이제 나도 길을 떠나야겠다

빗소리를 안주로

장대 같은 빗줄기
사정없이 바닥을 두드린다
하늘에서 땅 위로 곤두박질치는 게
화가 났는지
정신없이 두드린다
촤락 촤락 촤락
바람을 휘어잡은
뽀얀 물안개 비말이
상 위를 핥으며 지나간다
매점 아낙 손이 바빠진다
음식 위로 빗물이 뚝뚝 떨어진다
천막 안 식탁
바지락칼국수에
모락모락 김이 오른다
머릿속 근심 빗물에
말끔히 헹구어진다
천장을 두드리는 소리를 안주로
맥주 한 잔 거뜬히
넘어간다

덕분입니다

오늘 한 줄 글을 쓸 수 있었다면
글동무가 되어 준 당신 덕분입니다

스치고 지나는
소리를 놓치지 않았다면
오늘도 좋은 글 보낸
당신 덕분입니다

버스를 놓치면
어떻습니까

감사한 마음이 가득했다면
늘 미소를 잊지 않으려
애쓰는 당신 덕분입니다

백수면 어떻습니까

무엇을 하는 사람이냐 물으면
나는 매일 글 쓰는 사람이라 할 것입니다

글에 돈이 나오냐 물으면
글에는 가치를 따질 수 없는
나의 숨결이 있다고 말할 것입니다

덕분입니다

꽃향기

봄은 오는 향기
가을은 가는 향기

피는 꽃도 꽃이요
지는 꽃도 꽃이요

나도 꽃향기
너도 꽃향기

익어 가는
가을 향기

삼청동 오르막길

오랜 시간 지난 지금도
길은 그대로 있다

때로는 지겹고
때로는 즐겁고
때로는 부끄러움으로

사상이 소용돌이에 휘말릴 때
졸업하고 갈 곳 없을 때

누군가 만나고 헤어지면서
울고 웃으며
원망하고 증오하며
숨 가쁘게 올랐던 길

아직도 끝나지 않은 길

이제는 끝내고 싶은
삼청동 오르막길

붉나무

더운 여름 안동 아낙이 먼 길 걸어 고등어를 가지고 오
다가 나무에 핀 소금 같은 흰 꽃송이를 한 움큼 쥐어 뿌렸
더니 정말로 간이 들어 간고등어가 되었다 먼 길에 생선의
부패를 막고 요리되어 밥상에 오르기까지를 지켜 주고 가
을에는 온몸을 태우며 한 해를 마감한다 아름답지도 화려
하지도 않아 누구나 지나는 곳에 자리한 붉나무 안동 아낙
에게 발견된 붉나무는 그 시대 귀한 소금의 역할을 했다 소
금의 귀함을 모르는 촌뜨기에게 붉나무는 길가에 서 있는
그늘진 나무에 불과하다 귀한 소금으로 발견되고 가을에는
고운 낙엽 되어 사라지는 붉나무

길짱구*

옹기종기 길짱구
엄마 손 기다려

가루 섞어
세 손가락 쿡 도장 찍어

가마에 빙 둘러 붙이고
오순도순 파란색

뜨거워서 호호 불어 먹고
맛있다고 한 입 더

우리 엄마 짱
길짱구 짱

먹고 싶다
그때처럼

* 길짱구: '질경이'의 북한어.

길 있어도 내 못 가요

산으로도 못 가요
바다로도 못 가요
하늘로도 못 가요

답답타 답답타
소식이라도 전해 다오

새들아
소식만이라도 가져오나

날개 있으면 내가 날아가지

길 있어도 내 못 가요
내 고향에 내 못 가요

불귀불귀 영원 불귀
귀향귀향 영원 귀향

꿈에라도 내 고향 가고 싶네

저 높은 담장 새들은 잘도 넘어가네
이 몸은 날개 없어 못 가네

살아서 못 가면 죽어서는 갈 수 있나
꿈에라도 내 고향 가고 싶네

나 아직 살아 있어요
소식이라도 전하고 싶네

해설_

조심조심 마음 열고 물들어 가기

—위영금 시집 『오늘도 마음에 꽃을 심는다』

양애경(시인, 전 한국영상대 교수)

위영금 시인은 북한 이탈 주민이다. 이 책은 남북통합문화콘텐츠 창작 지원 공모를 통해 태어났는데, 저자의 두 번째 시집이다. 첫 시집인 『두만강 시간』[1]에 실린 내용과 프로필에 의하면, 그녀는 북한에 대기근이 닥쳐와 수백만의 주민이 희생당했던 시기인 1995년에 어머니와 오빠를 잃고, 기근이 절정에 이른 1998년에 두만강을 통해 탈북[2]했다. 그리고 중국을 거쳐 2006년에 대한민국에 입국하였다. 함남의 '도지방총국 기능공학교'에서 기술을 배워 양복점에서 일했다는 그녀는, 2018년에 한국에서 북한학 박사를 마칠 정도로 학구적인 사람이기도 하다.

위영금 시인의 시 쓰기는 '생전에 고향에는 못 가더라도 내

---

1 위영금, 『두만강 시간』, 등대지기, 2020. 11. 30.

2 위 책, 「그때, 그날」, 62~71면 참조.

가 누구인지는 밝혀야 한다는 생각'으로 시작되었다[3]고 한다. 시를 통해 나의 정체성을 찾고 사람들 앞에 나란 사람을 보여 주고 싶었다는 것이다. 첫 시집이 가슴에 들끓는 사연을 폭발적으로 표출하기 위해 다소 서투르고 투박한 형태로 쓰여졌다면, 3년 후에 출간되는 이번 시집에는 언어를 다루는 섬세한 기량과 내면의 깊이가 잘 드러나 있다.

필자도 원고를 거듭 읽으면서, 북한은 정치적으로 적대국이지만, 거기서 살던 그리고 거기서 사는 사람들은 우리와 다르지 않다는 생각을 하기 시작했다. 마음을 가장 깊이, 속속들이 보여 주는 '시'의 힘을 통해서다. 방민호 평론가가 『두만강 시간』의 해설[4]에서 강조한 '진정성'이 그녀의 시의 가장 큰 힘이다.

이 글에서는 위영금 시인의 두 번째 시집인 『오늘도 마음에 꽃을 심는다』를 통해 이 시인이 겪어 온 두려움과 세상을 대하는 방법, 그리고 세상과의 화해에 이르는 아름다운 과정을 이야기하고자 한다. 탈북민이라는 배경에 치우치지 않고, 한 사람의 시인으로서 그녀가 일궈 낸 예술적인 성취를 깊이 있게 들여다보고 싶다.

3 위 책, 「저자의 말」, 5면.

4 방민호, 「증언적 기록의 참혹함과 아름다움─위영금 시집 『두만강 시간』에 부쳐」, 위의 책, 158면.

1. 당신 누구예요

사람들은 정든 곳, 낯익은 곳에서 살기를 원하지만, 한편으로는 새로운 장소와 새로운 세계를 꿈꾼다. 보통은 여행으로 그 꿈을 실현하지만, 만약 지금 사는 곳이 행복을 찾는 데 큰 장애가 된다면, 새로운 곳에 가고자 하는 열망을 가질 것이다. 이민이나 망명, 민족의 대이동 같은 모험을 통해서라도 말이다. 위영금 시인은 탈북이라는 어려운 길을 거쳐 여기까지 왔다.

하루 종일 눈이 내린다. 손에 손 잡고 약속하듯 창문을 스치고 내린다. 거친 것 모난 것 모두 덮으며 내린다. 눈길을 걷고 싶은 동심에 밖을 나섰다. 어메 정신이 나갔나. 동네 한 바퀴 돌려고 했던 것이 뒷산까지 올랐다. 눈은 푹푹 내리고 나는 걷고 눈꽃은 눈앞에서 아른거린다. 살진 고라니 사람을 보고는 놀라 달아난다.

눈은 펑펑 내리고 신비한 기운이 감도는 이곳에 내가 있다는 사실이 운치를 더한다. 나는 아무도 지나지 않은 눈길을 걸으며 혼자 중얼거렸다. 너는 누구를 만나려 먼 곳에서 여기까지 왔니? 세상에 내놓지 못한 말들을 중얼거려 보고 큰 소리 질러도 보았다. 의식하지 않고 질러 보는

소리는 곱다. 눈은 내리고 눈길 위로 나는 자꾸자꾸 걸어

간다. 눈 내리는 고요한 산속 세계는 아름답다.

—「눈길을 걸으며」 전문

위영금 시인은 함경남도의 탄광 근처 산속 마을에 살았었
다고 한다. 시 속에서 시인은 지금 눈이 내리는 산속에 있다.
아마도 고향의 풍경과 닮은 곳인 듯, 신비로움과 함께 정겨
움이 느껴진다. 그녀는 내리는 눈에게 묻는다. "너는 누구를
만나려 먼 곳에서 여기까지 왔니?" 이 말은 스스로에게 묻는
말이기도 하다. '나는 누구를 만나려고 여기까지 온 것일까?'

여기는 어디이고 나는 누구이며, 누구를 만나려고 여기까
지 먼 길을 온 건지, 내가 만나고 싶었던 그 사람은 이 세상
에 있기는 한 건지. 이 시 속에서 아직 그 답변은 들리지 않는
다. 누구나 이런 질문을 던지는 순간이 있을 것이다. 우리는
행복해질 장소와, 함께 행복을 누릴 사람을 끊임없이 찾는다.
위영금 시인도 그래서 여기에 왔다고 말하고 싶은 것 같다.

그렇지만 북한 이탈 주민은 남쪽에 쉽게 섞이지 못한다. 얼
굴도 비슷하고 말도 통하지만, 사람들은 종종, "당신 누구예
요?"라고 묻는다. 당신은 여기 사람들과 다르다고, 그러니 여
기 있을 자격이 없다고 말하려는 것처럼 보인다.

당신 누구예요

이름부터 말해요

이름이 있어야 하나요

저는 그냥 여기 있어요

때로는 바람이고

때로는 구름이고

때로는 별이기도 해요

함부로 다가오지 마세요

함부로 꺾지 마세요

스스로 핏빛 되어

그 자리에 있는 꽃

그저 조용히 보아 주셔요

아직은요

—「당신 누구예요」 전문

　나는 그냥 나일 뿐인데, 이름을 말하고, 정체를 밝히고, 살
아온 모든 배경을 낱낱이 드러내라고 한다. 만만해 보이면 허
락받지 않고 함부로 다가와서 자기 잇속을 채우려 하기도 한
다. 그녀는 부탁한다. '아직'은 그냥 조용히 이 자리에 머무르
게만 해 달라고.

　　연고가 없으니 무연고지

　　그게 뭐 어때서

몰라서 물어

학연, 지연, 혈연
세 가지 연이 있어야
한단 말이지

무연고는 말이지
병원에 가도
참 슬프지

—「무연고」 부분

    무연고無緣故는 슬프다. 무연고는 보호받지 못한다. 한국은
특별히 학연, 지연, 혈연을 중시하는 나라다. 경찰에서도 동
사무소에서도 부동산 중개업소에서도 누군가 나의 소속을 증
명해 줘야만 불이익을 받지 않는다. 아플 때는 더 서럽다. 든
든한 건강보험과 보호자가 없다면 제대로 치료받을 수도 없
고, 죽어도 무연고 시신이 된다. 학연, 지연, 혈연의 끈끈한
보호 밑에 있지 않은 탈북민에게 '무연고'란 생존과 관계된 문
제다. 짧은 말 속에 들어 있는 깊은 서러움이 느껴진다.

    미시리는 착하다 다른 사람 일을 통째로 주어도 불평하
지 않는다 하루 종일 일해도 피곤함을 모른다 그래서 사람

들이 미시리에게는 험한 일만 시킨다 일만 시키는 것이 아
니라 그를 위험에도 빠뜨린다 속여도 속은 것을 모르는 미
시리를 한껏 조롱한다 이런 미시리가 아주 가끔 울 때도 있
다 미시리가 울음을 울 때 그가 왜 울고 있는지 사람들은
알지 못한다 그래서 미시리의 울음은 잠깐 스친다 사람들
은 미시리가 항상 웃는다고 생각한다 하루 세끼면 충분한
보상이라 생각하고 죽어라 일한다 하늘을 보는 적도 없다
희망, 꿈 이런 건 생각하지 않는다 그런데 이런 미시리는
아주 쓸모가 있다 미시리가 많은 곳에는 항상 그를 유용하
게 사용할 인재들이 있다 이를 남쪽에서는 바보라고 한다.

—「미시리」전문

'미시리'는 지능이 부족하여 정상적으로 판단하지 못하는
사람을 낮잡아 부르는 말, 즉 '바보'의 강원도 방언이라고 국
어사전에 나와 있다. 하지만 이 작품 속의 미시리는 지능이
낮은 사람이라기보다는 갑과 을의 관계에서 을에 속한 사람이
다. 만만한 사람, 절박한 사람, 이주 노동자, 염전 노예, 파
견 근로자, 비주류, 왕따, 비당원······. 누구라도 경우에 따라
을이 될 수 있다는 것은 무서운 일이다. 험한 세월과 험한 장
소를 거쳐 온 시인은 많은 갑을 보았고 그들에게 이용당해 온
많은 을을 보았다. 그리고 그러한 갑과 을은 남쪽에도 있었다
고 그녀는 말하고 싶은 것 같다. 슬프고 부끄러운 일이지만 당

연히 남쪽에도 있다. 꽤 많다. 그나마 다행한 것은 그것을 깨려는 목소리가 여기에선 가끔은 들려온다는 정도가 아닐까.

사람은 행복을 찾기 위해 모험을 한다. 그것은 인간의 존엄성을 지키기 위한 당연한 권리이기도 하다. 그러나 낯선 곳에 가서 조화롭게 섞이려면 시행착오와 차별을 넘어서야 한다. 위영금 시인이 살아온 세월의 어려움을 쉽게 짐작할 수는 없다. 가깝고도 먼 나라가 일본이라는 말이 있지만, 우리에겐 더 가깝고도 더 먼 나라가 곁에 있다. 북한이다. 그리고 마치 일부러 외면하기라도 하는 것처럼, 남한 사람들은 북한에 대해 아는 게 없고, 별로 많이 알고 싶어 하지도 않는다. 이럴 때 위영금 시인의 시를 읽는 것은 큰 의미가 있는 것 같다. 분단국가인 남한과 북한은 서로 외면하고 싶다고 외면할 수 있는 상대가 아니기 때문이다.

2. 거기 누구 없나요

비록 직설적으로 표현하지는 않지만, 위영금 시인은 삶에 대한 많은 두려움을 가지고 있는 것 같다. 경제적 안정과 안전, 자유를 얻기 위해 남한으로 왔지만, 그 과정에서 겪은 정신적 외상은 아직 극복하지 못했을 수 있다. 또, 두려움은 본인이 직접 겪고 있는 일에서도 생기지만, 주변 사람들이 겪는

고통과 공포를 지켜보면서도 생긴다. 시 「사연」은 그러한 두
려움을 표현하고 있다.

　　자꾸만 보여

　　수군수군
　　들려

　　자세히 보면

　　이지러진 달 같아

　　광야에 던져진
　　핏덩이 같아

　　　　　　　　　　　　　　　　　　　—「사연」 전문

　첫 시집에서는 산문적인 긴 호흡의 시가 많았는데, 두 번
째 시집에는 짧은 연과 행으로 이루어진 작품이 많아졌다. 그
중에서도 이 작품은 극도로 말을 아꼈다는 느낌이 든다. 마치
무서운 것을 보고 놀라 순간적으로 호흡을 멈추었다가, 가쁜
숨을 한 마디씩 뱉는 것 같다. 누가 당한 어떤 일이 이렇게 시
인을 두렵게 하는지는 구체적으로 나오지 않지만, 시인에게
는 그 이웃의 고통과 공포가 사뭇 남의 일만은 아니다. 눈을

감으려 해도 보이고 귀를 막으려 해도 들리는 사연들이 시인의 편안한 일상을 헤집어 놓는다.

시 「목마름」은 상실감을 다루었다. 시인은 무언가 중요한 것을 잃어버렸다는 생각이 드는데, 무엇을 잃은 것인지 알 수가 없다. 절박한 상실감과 함께 타는 듯한 갈증을 느낄 뿐이다. "아무리 찾아도 잃어버린 것은 나타나지 않"고, "생수를 마셨어도 갈증은 해결되지 않"는다. 이런 상태에서는 현실에 큰 문제가 없어도, 좋은 일이 생겨도 행복하지 않다.

그 이유는 아마도 시 「거기 누구 없나요」에 나와 있는 것 같다.

> 왜 이렇게 아플까요 커다란 십자가 등에 붙어 떨어지지
> 않아요 아무리 몸을 일으켜도 자석처럼 붙어 있어요 엄마
> 얼굴도 아빠 모습도 떠오르고 잊어야 하는데 무겁게 매달
> 려 있어요 거기 누구 없나요
>
> ―「거기 누구 없나요」 전문

위영금 시인은 커다란 십자가를 등에 진 채다. 무겁다. 기아와 질병으로 일찍 세상을 떠난 어머니와 아버지에 대한 죄책감을 지고 있기 때문이다. 자신이 더 살기 좋은 곳을 찾아 이동하는 동안, 고향에 남겨 놓고 온 가족 때문이다. 지금 자신에게 절실히 필요한 것도 부모님의 계산하지 않는 헌신적인 사랑이다. 시인은 '거기 누구 없나요? 나 좀 살려 줘요. 누가 이

십자가 좀 내려 줘요'라고 부르짖는다. 그렇지만 대답은 들려오지 않고, 짧지만 절박한 이 부르짖음이 독자에게도 가슴 아프게 다가온다.

두려움과 불안, 상실감과 좌절 속에서 위영금 시인이 붙든 것은 시다. 사실 시는 돈이 되지 않는다. 생활이 불안한 사람에게 돈이 되지 않는 일거리는 사치일지도 모른다. 사람들 눈에는 그렇게 비친다.

> 왜 시를 쓰냐고 그게 돈이 됩니까
> 돈 안 되는 일을 어째서 합니까
> 글쎄요 그냥 써지네요
> 이렇게라도 쓰지 않으면
> 죽을 것 같으니까요
>
> 삼만 원 보잘 것 있지요
> 며칠은 살 수 있으니까요
>
> ─「시 한 편에 삼만 원」 부분

돈도 안 되는 시를 왜 쓰냐는 물음에 그녀는 대답한다. "이렇게라도 쓰지 않으면/ 죽을 것 같으니까요"라고. 그리고 '삼만 원이라는 돈도 며칠은 버틸 수 있는 귀중한 돈'이라고. 글을 쓴다는 일은 그녀에게 생존과 관계된 일이었음을 알 수 있다. 그리고 좋아하는 일을 하며 돈을 번다는 것은 액수에 상

관없이 행복한 일이기도 하다.

시 「어둠에 익숙하기」에 이르면, 비로소 위영금 시인의 단단해진 마음을 볼 수 있다.

> 숨어 있던 것들이 살아나는 시간
> 보이지 않던 것들이 보이는 시간
>
> 두려움이 몰려온다
>
> 익숙해지자 익숙해지자
> 어둠에 익숙해지자
>
> 나는 두 손을 맞잡았다
>
> ―「어둠에 익숙하기」 전문

낮에는 남들처럼 평범하고 안전한 생활을 하고 있는 것 같다. 그렇지만 밤이 되면 다시 두려움이 몰려온다. 여기까지 오는 동안 너무 많은 험한 일을 보고 겪어서다. 그래도 이제는 어느 정도 마음의 여유가 생겼다. 두려움을 다루는 요령도 생겼다. 피하지 않고 돌파하는 의지다. 그녀는 스스로 주문을 외우듯이 "어둠에 익숙해지자"고 독백한다. 그리고 두 손을 굳게 맞잡는다. 독자도 그녀를 응원하며 두 손을 맞잡게 하는 구절이다. 그녀는 두려움을 극복했다. 하루아침에 완성

될 일은 아니지만, 첫걸음을 떼었다.

3. 마음에 꽃을 심는다

여기까지 읽고 나면, 글을 쓴다는 것, 깊이 숨겨야만 했던 말들을 쏟아 놓는다는 것이 위영금 시인에게 어떤 의미가 있는지를 짐작할 수 있게 된다. 평생 비당원이라는 딱지를 면하려고 열심히 일했지만 이루지 못하셨던 아버지, 넉넉지 않은 형편 속에서도 단란한 가족을 꾸렸지만, 1990년대의 기근에 아사餓死하다시피 한 어머니와 오빠, 북에 남겨 놓고 온 언니. 목숨을 걸고 두만강을 넘어 오늘처럼 정착하기까지의 세월 속에서 하지 못하고 참았던 말들이 얼마나 많았을까. 그 말들을 털어놓는다는 것은 그녀에겐 다시 살아나는 것 같은 해방감을 주었을 듯하다. 추천사에서 나태주 시인이 '살기 위해서 쓰는 시'라고 한 말의 의미이기도 하다.

그러니, 이 시집의 표제인 '오늘도 마음에 꽃을 심는다'는 시인에게 '오늘도 나는 글을 쓴다'와 같은 의미인 것 같다. 생명을 위협하는 굶주림과 체제를 넘어서 도착한 곳에서도 오랫동안 두려움과 상실감을 떨쳐 버리기 어려웠던 그녀에게는 전환점이 필요했다. 그리고 시가 변화의 계기가 되어 주었다.

걱정 근심 가득한 날

꽃 한 송이
심는다

외로울까 두 송이
친구 되라 세 송이

매일매일
마음에 심는다
　　　　　—「오늘도 마음에 꽃을 심는다」 전문

　마음에 한 송이, 또 한 송이, 긍정적인 신호를 심을 때, 비로소 그녀의 글에 '친구'라는 말이 등장한다. 나의 우군友軍이다. 내 편이 되어 주고 나를 지지해 주는 사람이 있는 세상과 없는 세상은, 그야말로 천국과 지옥처럼 차이가 나지 않겠는가.

　시 「이름을 불러 줄 때」에서 그녀는 노래한다. "이름을 불러 줄 때/ 나는 꽃이 피는 소리만큼이나// 아름다워진다"고. 3행밖에 안 되는 시로 이렇게 벅찬 기쁨을 표현할 수 있다니, 놀랍다. 사람들이 "당신 누구예요?"라고 의심에 찬 눈으로 바라보았을 때는 서럽고 답답했다. 그렇지만 이제 '위영금 시인!' 하고 불러 주는 사람들이 있고, 그녀의 마음은 꽃처럼 활짝 피어난다.

　　하늘에서 오는 꽃

천국은 어떠냐

천국은 하얀 곳
지옥은 불

백발 나무는
하늘을 우러르고

나는 천국 같은 창밖을 보며
지옥 같은 불에 고기를 구웠다

―「눈과 대화」 전문

　시 「눈과 대화」는 다시 눈 오는 날이 배경이다. 눈은 "하늘
에서 오는 꽃"이다. 눈이 시작된 곳인 하늘은 천국과 같은 곳
이리라. 그래서 눈이 쌓인 지상도 잠시나마 천국처럼 보인다.
땅에는 지옥처럼 지글지글 끓는 불이 있다. 그렇지만 시인은
그 불에 고기를 구워서 맛있게 먹는다. 하늘과 땅. 천국과 지
옥. 밤과 낮. 남과 북. 위영금 시인의 시에는 극과 극인 대립
적인 이미지가 많다. 그녀가 거쳐 온 장소와 시간이 준 이미
지들이다. 이 시는 그녀가 회복한 낙천성을 상징적으로 보여
준다. "나는 천국 같은 창밖을 보며/ 지옥 같은 불에 고기를
구웠다"라는 마지막 구절의 여유가 그러하다. 그렇다. 그녀
는 용감한 사람이고 자신의 힘으로 여기까지 왔으니 충분히

행복해질 자격이 있다.

시 「붉나무」에서 그녀는 안동 지방 설화에 나오는 붉나무를 노래한다. "더운 여름 안동 아낙이 먼 길 걸어 고등어를 가지고 오다가 나무에 핀 소금 같은 흰 꽃송이를 한 움큼 쥐어 뿌렸더니 정말로 간이 들어 간고등어가 되었다."[5] 귀한 생선이 상할까 봐 애태우던 아낙에게 소금이 되어 준 나무가 있다는 것인데, 실제로 붉나무의 열매는 신맛과 짠맛이 나서 소금이 귀한 시절에 소금 대용으로 쓰곤 했다고 한다.

그런데 왜 시인은 유난히 이 이야기에 끌렸을까? 시인은 '소금의 귀함을 모르는 사람들에게 붉나무는 길가에 서 있는 보잘것없는 나무에 불과하지만, 알아주는 사람에게는 귀한 소금이 되어 준다'고 썼다. 시인은 붉나무처럼, 자신의 의미를 알아주는 사람들에게 소금과 같은 역할을 하겠다는 의지를 보여 주는 것 같다.

그리하여 시 「가다 보면」에 이른다. 위영금 시인이 이번 시집에서 내린 결론과 통한다고 생각되는 작품이다.

　　힘들면 쉬어 가더라도 인생은 가던 길을 꾸역꾸역 가 보
　는 것이다 그 길에서 내가 너를 만나고 네가 나를 만나고
　그렇게 가다 보면 가을 단풍처럼 우리는 서로에게 물들어

5 시 「붉나무」 부분.

갈 수 있다.

—「가다 보면」 전문

힘들더라도 인생은 계속되어야 하고, 그 길에서 서로를 알
아주는 사람을 만나기도 한다. 그러다 보면 가을 단풍이 한
색깔로 물들듯이 우리도 서로에게 물들어 갈 수 있다는 것이
다. 남이든 북이든 너든 나든 누가 누구에게 물드는 것인지
굳이 따지지 않아도 좋다. 세상과의 화해이자 나 자신과의 화
해이기도 하다. 이러한 소통을 통해 시인은, "그래/ 살아야
지"[6]라는 결론에 도달한다. 마음 깊은 곳에서 솟아오른 희망
이며 강한 의지다.

사실, 낯설음을 느끼는 것은 북에서 온 사람만이 아니다.
남쪽 사람들도 오랫동안 적대적으로 대치하고 있는 북한을 떠
나서 남으로 이주해 온 이웃을 어떻게 대해야 할 것인지 잘 모
른다. 그렇기 때문에 낯설고 어색함을 느낄 수 있다. 미지의
것은 늘 두렵기 때문이다. 그러므로, "서로에게 물들어 갈 수
있다"는 시인의 말은 남쪽 사람들에게도 희망적인 메시지다.

그런 의미에서 위영금 시인의 이 시집은 큰 역할을 할 수 있
을 것 같다. 북한과 그곳에서 살고 있는 사람들에 대해 깊이
생각해 볼 기회를 준 점만으로도 이 시집 『오늘도 마음에 꽃을
심는다』는 소중한 성과다.

6 시 「새벽」 부분.